Helena Pachs

Herr Hund geht nach draußen

AF236232

Helena Pachs

Herr Hund geht nach draußen

Das erste Jahr
mit einem Galgo

Books on Demand

Bibliografische Information der Deutschen Nationalbibliothek: Die Deutsche Nationalbibliothek verzeichnet diese Publikation in der Deutschen Nationalbibliografie; detaillierte bibliografische Daten sind im Internet über http://dnb.d-nb.de abrufbar.

Pachs, Helena:
Herr Hund geht nach draußen. Das erste Jahr mit einem Galgo / Norderstedt: Books on Demand 2021.

Für Johanna Katharina

Der Mensch hat verlernt,
die Tiere zu achten.

Helena von Boruch

Spitzengeschwindigkeit

Herr Hund ist ein Windhund aus Spanien. Aber eigentlich ist er vom Himmel gefallen, mit dem Wind her geweht worden – oder war es ein Sturm? – und direkt vor mir liegen geblieben, bevor er sich in meinem Leben und in meiner Wohnung eingerichtet hat, um mich zu beschützen, zu trösten und meinen Humor wieder zu wecken.

Hört sich jetzt pathetisch an – und ist es auch. Denn das Letzte, was mir in meinem anstrengenden Leben noch gefehlt hatte, war ein weiterer Esser mit einer Getreideallergie, ohne Unterfell, dafür mit Hüftproblem und einer Spitzengeschwindigkeit von fünfzig km/h.

Zweifel

20. November

Zuerst sah ich ihn rennen – und wunderte mich, warum der Hund so hell war, bis ich erkannte, dass ein Hase gerannt kam, der hinter einer Böschung verschwand, nachdem er vor mir einen Haken geschlagen hatte. Eine Sekunde später sah ich meinen Hund rennen, dem Hasen hinter die Böschung folgend.

Die Worte auf der Internetseite einer Tierschutzorganisation fielen mir ein: „Ein Spaziergang mit einem Galgo ist nie entspannt." Erst später würde ich erleben, dass das nicht stimmt.

Da kam ein zweiter Hase gerannt.

Liebe Güte, wie viele Hasen waren hier unterwegs? Und dieser Hund mittendrin! Dann wieder der Hund – ich begriff, dass der Hase derselbe war und die beiden um die Böschung eine Runde gedreht hatten.

Dann waren sie verschwunden. In der Zwischenzeit hatte ich meine Pfeife gegriffen, schrie und pfiff und – was soll ich sagen? – nach einer Minute kam Herr Hund angerannt, stand bei mir, außer Atem, und ließ sich den Hals tätscheln, bevor er sein Luxus-Leckerli entgegennahm. Eine doppelte Portion, natürlich.

Erst dachte ich, ich belohnte ihn fürs Zurückkommen. Aber dann bekam ich Zweifel. Womöglich fühlte er sich fürs Jagen belohnt?

Um diesen wunderbaren, wilden Hund besser zu verstehen, kaufte ich mir ein Buch über Hundeerziehung.

„Platz"

1. Dezember

Nachdem ich den Hunderatgeber gelesen habe, weiß ich jetzt, was „Generalisieren" bedeutet und warum Herr Hund manchmal macht, was ich von ihm will, und manchmal eben nicht.

Zweitausend Mal muss er ein Zeichen hören, sehen und befolgen, bis er es als solches aus allen anderen Reizen isoliert und zuverlässig ausführen kann. Und wehe, das Zeichen weicht geringfügig ab, weil Frauchen es nicht konsequent anwendet. Der Hund, der bei mir lebt, ist ein Meister der Zeichen, während ich es eher mit den Worten habe. Manchmal rede ich den ganzen Tag (meistens mit mir selber). Wie soll das also zusammenpassen?

Ein Galgo ist ein Menschentherapeut, sagt man, sofern man ihm den Respekt zollt, den er verdient. Tut man das nicht, nimmt man ihm seine Würde und infolge auch die eigene, was nicht nur peinlich, sondern auch sehr traurig ist, weil man den Hund damit entwürdigt und durch diesen Hochmut viel verpasst.
Aber – und das ist die gute Nachricht – ein Galgo ist nachsichtig, das mindestens kann ich von dem

sagen, der bei mir zu Hause ist. Er verzeiht mir meine Fehler, weil er spürt, dass ich gewillt bin, aus ihnen zu lernen. Für Nicht-Hundehalter hört sich das mutmaßlich übertrieben an. Ein Galgohalter dagegen wird das bestätigen. Ein Galgo ist ein wunderbarer Begleiter, wenn man ihm vertraut.

Aber zurück zur Hundeschule. Wir üben jetzt „Platz". Anfangs habe ich mich in den Türrahmen gesetzt und die Beine im Neunzig-Grad-Winkel angehoben, so dass er, nach einem Leckerli angelnd, sich flach hinlegen musste, um darunter durchzurobben. Immer wenn er lag, habe ich „Platz" gesagt.

Und heute – deshalb erzähle ich es – hab ich mich irgendwann anschließend vor ihn hingestellt, ihm die flache Hand entgegengehalten und „Platz" gesagt. Nach einer Weile hat er sich – wirklich und tatsächlich – hingelegt.

Das Ergebnis waren eine leere Packung Leckerli und ein glücklicher Hund, ganz zu schweigen von Frauchen, aber die ist ja immer glücklich, wenn der Hund glücklich ist. Ich lobte ihn überschwänglich, was er sehr genoss.

Kacke

Herr Hund frisst die Kacke anderer Hunde. Das ist sein Aasbedürfnis. Trotzdem lasse ich ihn nicht immer davon fressen. Alternativ bekommt er von mir manchmal ein Leckerli, ich entscheide das nach Gefühl.

Manchmal macht er einen Tanz, wenn er einen besonders guten Happen entdeckt hat. Er krümmt den Rücken und lüpft die Hinterpfoten abwechselnd, manchmal steht er dabei nur noch auf den Vorderbeinen – leider nur eine Zehntelsekunde, sonst hätte ich mir eine Zirkusdressur überlegt. Einmal hat er sich dabei so gedreht und gewunden, dass er umgefallen ist(!). Es sah sehr witzig aus.
Erst später würde ich von einem Hundetrainer erfahren, dass der Hund sich so zum Wälzen anschickt; der Duft soll an Hals- und Rutenansatz kleben. Herr Hund allerdings wälzt sich nicht. Auf jeden Fall habe ich ihn noch nie dabei gesehen.

Manchmal schiebt er die Zungenspitze durch die geschlossenen Lefzen seitlich heraus, wo sie dann zappelt, wenn er trabt, was ebenfalls sehr witzig aussieht. Wenn dann noch sein linkes Ohr über dem Kopf nach rechts wippt, als hätte er einen Seitenscheitel, dann amüsiert mich das noch mehr.

Kavalier

Herr Hund ist ein wirklich feiner Mensch. Sehr distanziert, ich will fast sagen distinguiert. Am Anfang war er sehr ängstlich, die neue Umgebung, neue Menschen – überhaupt einmal Menschen...?
Ganz am Anfang, ich glaube, da war er gerade zwei, drei Wochen bei mir gewesen, begegneten wir einer Maus, die über einen Feldweg torkelte, während sie merkwürdige Fiepgeräusche von sich gab. Herr Hund schnupperte an ihr, als sie plötzlich herzzerreißend schrie. Er ist so erschrocken, dass er einen großen Satz machte, der mich beinahe mitgerissen hätte. Ich glaube, er hat dem Tod ins Auge geblickt. Dem Tod der Maus. Das hat ihn so geängstigt.

Giftköder

18. Dezember
Neulich hat Herr Hund eine Packung Toilettenpapier angeknabbert. In der nächsten Zeit werde

12

ich mich also mit löchrigen Bahnen begnügen müssen.

Am darauf folgenden Tag erwischte er eine verblühte Gerbera, die auf meinem Schreibtisch stand. An diesem Tag fraß er später draußen ausgiebig Gras, bevor er zwei schleimige Schaumblasen hervorwürgte, mit Grashalmen durchzogen, Grün in Ockergelb, na ja. Und er machte dabei merkwürdige Geräusche, eine Mischung aus Pumpen und dem Absaufen eines Verbrennungsmotors. Hatte ich so noch nie gehört. Erst dachte ich, er hätte womöglich etwas Schädliches gefressen. Aber es war seine Getreideallergie, wie ich mit der Zeit herausfinden sollte.

Und dann lag heute auch noch am Bach ein Juxschild im Gras mit der Aufschrift: „Achtung: Giftkötder", wobei das „t" durchgestrichen war. Wie passend.

Apropos Bach. Es sieht so aus, als ginge Herr Hund gern ins Wasser. Kürzlich sprang er bei fünf Grad Außentemperatur hinein, in voller Montur – mit dem Vliespullover, den ich ihm genäht habe.

Voll nass war er dann an der Unterseite, wo er doch so gut wie kein Fell hat. Puuuh, es hat mich geschüttelt. Ich habe ihm meine Handschuhe zwischen Pulli und Haut geschoben, und wir haben uns direkt auf den Heimweg gemacht.

Ich nenne seine Unterseite immer „Hähnchen", weil sie so nackig ist wie eines dieser gerupften Hähnchen, nur größer. Vielleicht wie das einer Pute?

Weil wir uns maßlos überschätzen

Ich dachte schon, Herr Hund sähe schlecht. Dabei ist er manchmal einfach nur tollpatschig. Heute ist er auf dem Gehweg über eine Coladose gestolpert. Kürzlich beim Rennen hat er sich wegen einer Unebenheit überschlagen. Und einmal ist er auf einem betonierten Feldweg ausgerutscht, geschlittert – und weitergestürmt. Unfassbar, wie schnell dieser Hund rennen kann. Ein schneller Galgo kommt auf sechzig Stundenkilometer. Sechzig! Herr Hund hat mindestens vierzig, vielleicht fünfzig. Da muss ich mich echt anstrengen, wenn ich mithalten will.

Manchmal, wenn er auf mich zurennt, habe ich Bedenken, dass er mit mir kollidiert. Aber jedes Mal gelingt ihm auf dem letzten Meter noch ein Richtungswechsel, selbst dann, wenn ich schon nicht mehr daran glaube und laut quieke vor

14

Schreck. Ich glaube, er mag es, so auf mich zuzurennen. Wie er mich dabei ansieht, lässt Wärme in mein Herz strömen.

„Herr Huuund!" Manchmal reißt er seinen Kopf direkt herum, wenn ich ihn rufe und rennt auf mich zu in gestrecktem Galopp. Ich geb's zu, da bin ich schon ein bisschen stolz. Es passiert wirklich selten, dass er mich nicht hört. Doch wenn er es tut, ist es mir manchmal ein bisschen peinlich. Aber warum eigentlich?

Ich glaube, diese Scham ist es, die manche Galgueros zu ihren grausamen Ritualen treibt. Sie fühlen sich blamiert vor der Zuschauermenge und die Hunde sollen dafür bezahlen. Intelligent ist das nicht. Nein, intelligent ist das nicht. Und menschlich auch nicht.

Wenn der Tag kommt, an dem sich das Blatt wendet, und ein Mensch auf den Hund angewiesen sein wird, dann wird sich zeigen, was zurückkommt. Güte und Vertrauen oder Rachsucht und Misshandlung.

Ich bin mir ganz sicher: Wenn wir heute in der Wildnis auf uns alleine gestellt wären, Herr Hund und ich, er würde einen Weg für uns finden. Er würde jagen. Er würde ein Nachtlager suchen und sich an mich kuscheln, um mich zu wärmen (nun ja, das wünscht man sich). Und er würde mich gegen Angreifer schützen. Das ganz sicher. Er wäre mächtig, weil er unser Überleben sichern müsste. Und er würde mich niemals quälen oder gängeln, obwohl ich vollkommen von ihm abhängig wäre.

Wenn ich mir so etwas überlege, denke ich, dass wir die Tiere viel zu wenig ernst nehmen, weil wir uns selbst maßlos überschätzen.

Gute Ratschläge

3. Januar

„Von dir will ich keinen Ton hören, Fräulein!", sagte eine Frau ihrem Hund, den sie zur Seite gezogen hatte, um mich mit Herr Hund auf einem Waldweg passieren zu lassen.

„Ich bin schon zweimal gebissen worden!", schrie eine Andere, als Herr Hund in ihre Richtung rannte – da hatte ich gerade nicht aufgepasst und mich zweimal entschuldigt.

„Lassen Sie ihn ruhig laufen, wir haben nichts dagegen!", rief mir eine Dritte zu, als ich Herr Hund gerade zu mir gerufen hatte.

„Gehen Sie ruhig weiter", sagte ein Mann mit Hund, als wir anhielten, weil wir erst einmal abwarten wollten, wie sich das entwickelt.

„Ich verstehe nicht, wie man mit einem solchen Hund mit der Flexileine gehen kann", sagte die bereits oben Erwähnte.

„Ach, der hat Angst!", sagte eine Fußgängerin, die an uns vorbeiging.

„Ist der krank?", fragte mich eine Andere.

„Warum sollte er krank sein?", entgegnete ich.

„Weil der stehen bleibt", die Antwort.

Ich: „Sind Sie krank, wenn Sie stehen bleiben?"

Was ich mir auf unseren Spaziergängen alles anhören muss, kostet viel Geduld. Jeder weiß es besser, jeder gibt gute Ratschläge, auch, die, die noch nie einen Hund hatten. Und überhaupt sind wir zu viele Menschen, die zu viele Hunde haben, zu viele Autos und so weiter. Aber das ist ein anderes Thema…

Herr Hund geht nach draußen

7. Januar

Anfangs weckte mich Herr Hund jede Nacht. Mit einem geöffneten und einem geschlossenen Augen tastete ich dann auf meinen Schlafsocken durch die Dunkelheit nach dem Lichtschalter, öffnete die Terrassentür, und Herr Hund ging nach draußen.

Gestern stand ich frierend hinter der Tür und wartete vergeblich darauf, dass er hereingaloppiert kam. Das Frieren brachte meinen Kreislauf in-gang, ich wurde langsam wach. Was hatte er ent-deckt? Die Meisenknödel am Vogelhäuschen, meinen Chinakohl auf der Fenstersimse (mein natürlicher Kühlschrank), einen im Gebüsch ver-steckten Knochen?

Irgendwann kam er dann doch, legte sich in sein warmes Nest, rollte sich zusammen und schlum-merte sofort ein. Und ich? War mittlerweile hell-wach und sah auf die Uhr. Halb zwei. Wie sollte ich es jetzt schaffen, wieder einzuschlafen?

Ich legte mich trotzdem in die Pfühle. Der gleichmäßige Atem meines Hundes drang leise an mein Ohr. An mehr kann ich mich nicht mehr erinnern, weil ich – eingeschlafen bin.

Feldhasen

10. Januar

Seit Neuestem kann ich Herr Hund nicht mehr von der Leine lassen. Das liegt wahrscheinlich daran, dass er jetzt so viel Selbstvertrauen und Mut entwickelt hat, die Umgebung so gut kennen gelernt und erkannt, dass keine Gefahr mehr für

Leib und Leben droht, dass er ganz entspannt beobachten kann, wie ich rufe und pfeife, um sich anschließend wieder seiner Lieblingsbeschäftigung zu widmen, dem Aufstöbern von Feldhasen.

Immer weiter entfernt er sich und scheint gar nicht daran zu denken, dass ich auch noch da bin.

Einmal hat mich das sehr wütend gemacht. Ich war ehrlich gekränkt und verletzt – typisch Mensch. Quer über den Matschacker musste ich mich plagen, um ihn schließlich an die Leine zu nehmen. Ich habe ihn angeschrien und sein weiteres Stöbern mit Leinenzerren quittiert, weil ich mich so aufgeregt habe.
So eine Schande. Und Herr Hund? Er nahm kaum Notiz von mir, so konzentriert war er. Er hat nicht einmal den Schwanz eingezogen, sondern ist einfach weitergelaufen und hat weitergestöbert, obwohl ich ihn an der ganz kurzen Leine hatte.

Hab ich mich geschämt, als wir zu Hause waren. Vor ihm und vor mir und vor der ganzen Welt. Wie kann man so ausflippen?

Und dann überlegte ich mir, wie es umgekehrt wäre, wenn ich auf ihn angewiesen wäre. So würde er sich bestimmt nicht benehmen. Asche über mein Haupt!

Wir müssen eine Hundeschule finden! Bis dahin gibt es Schleppleine und Hundewiese. Nie wieder werde ich so ausrasten. Das verspreche ich.

Hundewiese

15. Januar

Etwa fünfzehn Kilometer entfernt von hier gibt es eine Hundewiese, am Rand einer Vorort-Siedlung mit Hochhäusern und ziemlich vielen Hunden. Als wir zum ersten Mal dort waren, war das ein echter Flop. Herr Hund hatte Angst, weil er von zwei Großen bedrängt wurde, die plump und ein bisschen doof waren. Aber die Wiese ist größer als die, auf der wir bislang waren, und samstags sollen dort um die Mittagszeit sogar Galgos sein.

Beim letzten Mal begegneten wir einem Husky-Mix-Welpen, der so süß war, dass ich mich beherrschen musste, ihn nicht hochzunehmen und zu knuddeln. Er war wie eine wuselnde kleine graue Tonne, an der ringsherum im Neunzig-Grad-Winkel dünne, dichte Haare abstanden. Der Schwanz war etwa halb so dick wie die Tonne

20

und stand direkt waagrecht nach hinten ab. Das Ganze wurde gekrönt von einer spitzen kleinen Nase unter eisblauen Augen, die einen fortwährend musterten. Der Kleine war vier Monate alt und flitzte zwischen den anderen Welpen (Labradudel und irgendetwas kleineres Behäbiges) und Herr Hund herum, der immer mal wieder einen Rundumschlag erteilte, wenn die Kleinen zu frech wurden. Am Schluss hatte der Husky-Welpe schon gefiept, wenn Herr Hund nur in seine Richtung gerannt kam. Er war so lustig und so natürlich. Herr Hund hatte die ganze Wiese im Griff. Es war interessant, das zu beobachten.

Ein anderes Mal rannten vier erwachsene Huskys herum. Das war super. Die können mit einem Windhund mithalten. Ich finde natürlich, dass der Hund, der bei mir eingezogen ist, aus der Masse herausragt – das geht wohl allen Hundehalter*innen so – nicht nur wegen seiner Größe, sondern auch, weil er etwas Edles an sich hat. Er bewegt sich so elegant, sein Gang ist so elastisch und wenn er rennt, dann gleicht er einem Pferd oder einer Katze.

Er ist echt speziell, mein Galgo. Er ist rau und wild. Wer nicht mit ihm rennen will, den lässt er in Ruhe. Wer aufdringlich ist, wird abgewatscht.

Kürzlich, als ich ihm einen Jonglageball zugeworfen habe, hat er sich den geschnappt und mir entgegengeworfen – so dass ich ihn fangen konnte und zurückwerfen. Das hört sich profan an, war aber ein großartiges Erlebnis. Wenn ein so distinguiertes Wesen mit einem Menschen spielt, das ist schon besonders.

Hundekorb

25. Januar

Endlich haben wir einen Hundekorb. Er ist aus Weide geflochten und sehr schön und ziemlich groß, einen Meter zwanzig breit. Bis nach Ulm sind wir gefahren, Herr Hund und ich, um den Korb zu holen. Auf unserem dortigen Gassigang haben wir vor einem Wäldchen eine Gruppe Rehe gesehen, es war wunderschön und geheimnisvoll.

Den Korb habe ich mit einer Zudecke ausgelegt, seinen Bär hineingelegt und ein paar Kissen. Er hat den Korb angenommen – und das, was er bisher hatte, liegt nun in meinem Büro; er liegt dort, während ich diese Zeilen schreibe, auf einer mit Styroporkügelchen gefüllten Matratze. Er hält sich überhaupt stets in meiner Nähe auf. Er bewacht mich.

Seitdem er in mein Leben getreten ist, ist dieses Leben anders geworden, nicht lebenswerter, das war es schon vorher, so wie es jedes Leben ist; aber es ist natürlicher, regelmäßiger, der Natur zuträglicher, bewusster geworden, ja, das ist es. Es ist bewusster geworden.

Herr Hund liegt nachts in seinem Korb vor meinem Schlafzimmer und ich bin ganz sicher, dass er jeden Eindringling vertreiben würde, einfach, weil er entschieden hat, mich zu adoptieren. Es ist, als wäre er sich seiner Verantwortung bewusst. Es ist einfach in ihm. Ich glaube, er kann gar nicht anders. Und ich könnte mir vorstellen, dass alle Hunde das haben, weil sie alle aus demselben Ursprung kommen. aber ich kann mich täuschen. Jemand hat mir von einem Video erzählt, in dem eine Hundetrainerin von Hand aufgezogene Wölfe in ihr Hunderudel aufgenommen hat, um ihr Verhalten besser zu verstehen. Muss ich mir mal ansehen.

Murcia

Habe ich eigentlich schon erwähnt, dass Herr Hund aus Murcia kommt? Er ist ein Emigrant. Ein Flüchtling wider Willen. Der Süden Spaniens ist der ärmere Teil des Landes. Und der ungebildetere. Möglicherweise ist das der Grund, warum man sich mit Windhundrennen und Hasenjagden die Zeit vertreibt und um Anerkennung buhlt. Wenn die Hunde dann nicht mehr dafür taugen, werden sie entsorgt.

Sevilla, die Hauptstadt Andalusiens, gilt als eine der Galgohochburgen. Angeblich fand man kürzlich um die fünfzig Kadaver in einem ausgetrockneten Brunnen, irgendwo in Spanien, ich weiß nicht, ob das gerade Sevilla war. Jedenfalls ist es traurig, was der Menschen den Tieren antut.

Als Herr Hund zu mir kam, konnte er aus keinem tiefen Napf trinken. Er hat immer am Rand geschleckt. Aus einem flachen Teller dagegen ging es wunderbar. Ich glaube, dass man versucht hat, ihn zu ertränken. Er kann Wasser auf seiner Schnauze nicht ertragen. Vielleicht ist das aber auch nur ein Schreckenszenario, das mir meine Phantasie vorgaukelt. Hoffentlich.

Trotzdem. Auf seinem Rücken sind kleine kreisrunde Narben in regelmäßigen Abständen, Parasiten oder doch Zigarettenkippen? Ich bleibe dabei: Der Mensch ist eine Bestie. Und er hat keine Achtung vor den Tieren. Wenn das zurückkommt. Dann wird sein Heulen und Zähneklappern. Ich nehme mich da nicht aus; dafür bin ich aber auch nicht stolz darauf, zu dieser Spezies zu gehören.

Ich frage mich, wie viele spanische Wörter er gelernt hat. Kennt er überhaupt die spanische Sprache oder wurde er nur herumgezerrt? Hatte er je eine Hand, die ihn streichelte, einen Namen, ein warmes Nest? Als er kam, war die Haut an seinen Gelenken ganz schwielig und sein Fell hart und stumpf. Mittlerweile glänzt es seidig und die Haut ist weich und samtig. Es ist so angenehm, ihn zu streicheln.

Aber ich habe gelernt, dass ich das nicht ständig tun soll. Ich will doch auch nicht, dass mir ständig jemand über den Kopf streicht. Da wird der Hund ja verrückt, wenn den lieben langen Tag jemand an seinen Kopf fasst, echt. Das war mir gar nicht bewusst. Aber jetzt ist es mir bewusst. Er ist ein freies Wesen und hat das Recht auf Selbstbestimmung. Warum sprechen wir das den Tieren ab?

Wenn Herr Hund auf mich zukommt, möchte er etwas; stellt er sich seitwärts, braucht er Streicheleinheiten. Langsam, langsam beginne ich, seine Sprache zu verstehen. Was er sehr mag, ist Bürsten. Sich von anderen Menschen anfassen lassen, das mag er gar nicht. Er ist konsequent, der Hund, der entschieden hat, bei mir zu leben. Das liebe ich an ihm. Ich kann viel von ihm lernen. Ich mag ihn so, diesen Hund aus Spanien.

Physiotherapie

20. Februar

Herr Hund hat ein Problem mit der Hüfte. Er hinkt hinten links, von Anfang an. Jetzt war der Tierphysio zum ersten Mal da, setzte sich auf den Boden und ignorierte Herr Hund, den er als „Granate" bezeichnete (meine Rede), stark und schnell und dominant. Wenn ich das gewusst hätte... hätte ich ihn dennoch nicht wegschicken können. Also, was soll's.

Als Herr Hund begriff, dass dieser fremde Mensch ihn gar nicht beachtete, beäugte er ihn neugierig, schnüffelte nach ihm, kam immer näher – anfassen ließ er sich jedoch nicht.

Das machen wir dann beim nächsten Mal, sagte der Physio, der ein sehr netter Mensch ist, zwei Afghanen-Weibchen hat und sehr genau versteht, warum ein Windhund besonders ist, ohne, dass ein Mensch je erklären könnte, warum, weil dafür keine Worte erfunden wurden.

Hanföl hilft angeblich für die Gelenke. Apropos Öl. Herr Hund hat eine Getreideallergie – ich erwähnte es. Rind, Huhn gehen ebenfalls nicht. Mittlerweile bin ich unter die Wurstmacherinnen gegangen – Schweinefleisch und Innereien vom Metzger, Kohlrabi, Kartoffeln und ein Schuss Hanföl ergeben eine wunderbare Wurst, alles schön durchgekocht, zum Nachtisch ein Schweineohr, sonntags einen Knochen.

Manchmal denke ich über den Respekt vor den Tieren nach. Was würde das Schwein dazu sagen?

Feldhasen II

Mea culpa. Gestern habe ich Herr Hund wieder laufen lassen. Er ist abgehauen – hinter einem Hasen her – und kam erst Minuten später wieder zurück, vollkommen aufgelöst. Ich dachte: Wunderbar, dann bleibt er jetzt bei mir.

Weit gefehlt. Keine zehn Sekunden später ging er wieder ins Feld und scheuchte den nächsten Hasen auf. Diesmal ging ich weiter, einfach weitergelaufen bin ich. Wenn du begreifst, dass ich weg bin, dachte ich, dann wirst du mir nicht mehr von der Seite weichen.

Da hörte ich einen Schrei. Eine Frau mit zwei kleinen Hunden ging weiter unten auf einem Feldweg. Wahrscheinlich ist er in vollem Tempo an ihr vorbeigerannt. Zum Glück weiß ich, dass er niemanden belästigt. Aus dem Augenwinkel sah ich eine Hunderegenjacke in ihrer Nähe über das Feld jagen, das war das Letzte, das ich von meinem Hund sah, bevor er, wieder einige Minuten später, hechelnd zu mir kam, vor Schmerzen in der Hüfte jaulend, sich hinlegte und nicht mehr weiter konnte. Die Hüfte macht brutal Probleme. Der Hund, seine Jacke, das Geschirr waren voller Matsch. Er hatte sogar auf dem Rücken Grasflecken. Bestimmt hatte er sich wieder überschlagen, war gestolpert, er fühlt keinen Schmerz, wenn er jagt, rennt sich die Pfoten blutig.

Galgos sind Opfer der menschlichen Eitelkeit. Sie können nicht anders als jagen, denn dafür wurden sie gezüchtet. Mit viel Liebe, Geduld und Konsequenz werde ich ihm antrainieren, bei mir zu bleiben. Bis dahin gibt es jetzt nur noch Hundewiese und kurze Lederleine. Doch wie soll er es lernen, wenn ich ihn immer an der Kandare habe? Es ist schwierig, echt. Ich muss mir etwas einfallen lassen.

Jedenfalls war der Gassigang zu Ende. Jetzt hat er von der Tierärztin auch noch Rennverbot bekommen. Die Schmerzmittel, die sie uns mitgegeben hat, helfen nämlich nicht. Außerdem bekommt er davon Durchfall. Wir nehmen jetzt Globuli und Schüsslersalze. Und der Physio kommt noch einmal.

Ich habe mich bereits dabei ertappt, die Hasen zu hassen und im Geiste zu beschimpfen und mich gedanklich wirklich schlecht ihnen gegenüber zu benehmen. Aber das ist natürlich ziemlich unfair. Die Hasen tun, was sie tun müssen. Es ist wirklich blöd, dass man das dem Hund nicht auch zugestehen kann.

Herr Hund liest

Vor einiger Zeit kaute Herr Hund an einem meiner Bücher. Dazu muss man wissen, dass ich zwischen 1000 und 1500 Bücher besitze, für einen durchschnittlich gebildeten Menschen nicht gerade umfangreich, aber immerhin. Sie stehen im Regal, sortiert und proper. Und sie liegen mir am Herzen.

Herr Hund, wie gesagt, kaute an einem meiner Bücher. Ich sagte „Nein", nahm ihm den „Autobus" von James Krüss weg und gab ihm „Piggeldi und Frederick", die beiden Schweine, was ich passend fand.

Seither knabbert er von Zeit zu Zeit daran. Deckseite und Vorsatz hat er bereits zu Ende gebracht. Soweit ich das erkennen kann, ist er momentan auf Seite eins.

Heute hat mir ein netter Mann eine 30-bändige Müller-Freienfelser Goethe-Ausgabe geschenkt. 1922. Mit Goldauflage. Herr Hund war interessiert.
Ich sagte ihm: „Friss mir nicht den Goethe."

Da hat er sich getrollt.

Pony

Neulich waren wir auf einem Feldweg unterwegs, wo uns zwei Fahrrad fahrende Kinder mit ihren Mamas begegneten. Die Jungs brüllten über die Felder gegen den Wind an und hatten ihren Spaß. Als eines der Kinder uns sah, sagte es zu seiner Mutter:
„Guck mal, Mama, da kommt ein Pony."

Herr Hund und ich blieben stehen.

30

„Wir können hier ja gar nicht vorbei", entgegnete ich laut (wir standen einige Meter weit voneinander entfernt – coronamäßig halt), „da sind ja zwei Löwen!"

Die Mütter hatten mich nicht richtig verstanden und dachten offenbar, ich würde herummeckern. Jedenfalls sahen sie mich skeptisch an. Sehr skeptisch.

Ich wiederholte meinen Satz. Da begriffen sie und lachten.

„Guck mal, Mama, ein Pony!" Der Junge wieder.

„Aber das ist doch kein Pony", erklärte seine Mutter.

Da wurde mir bewusst, dass ein so großer Hund für einen Fünfjährigen so wirken muss wie auf mich ein Pferd mit einem Stockmaß von einem Meter fünfzig. Die Scheitel gleich hoch eben.

Wenige Tage später begegneten wir anderen Kindern.

Eines sagte: „Guck mal, der Hund sieht aus wie ein Reh." Herr Hund hat einen schmalen, langen Kopf und ist rehbraun, mit langen Beinen. Und wenn er einen Hasen jagt, sieht er auch diesem nicht unähnlich (ich berichtete).

Und natürlich: Ich sage zu ihm Nasenbär, Herzbär, Schnupsnasenbär (nein, man geniert sich nicht als Hundehalterin), Schnecker, Wunderbär.

Manchmal glänzt sein Fell ganz golden in der Sonne, dann ist er – natürlich - der Goldene Bärenhund.

Bekannt ist außerdem, dass sich Windhunde im Allgemeinen katzenhaft bewegen. Manche schleichen sogar, meiner macht manchmal einen Buckel, um sich die Blätter eines Busches über den Rücken rascheln zu lassen. Er reibt auch seinen Kopf an meinen Beinen. Wenn er Hunger hat, weicht er mir nicht mehr von der Seite, sich an mich drückend.

Und wenn er sich streckt, den Schwanz in die Höhe richtet, die Rückenmuskeln spielen lässt, ist er beeindruckend groß, ja, vielleicht habe Windhunde auch etwas von den Bewegungen einer Raubkatze, bei meinem unterstützt das noch die schwarze Maserung. Ja, ein Tiger oder Panther könnte in der Ahnenreihe, ähm, ja…

… so viele Tiere aber auch, und dabei ist es doch nur ein Hund.

Hundewiese II

27. Februar

Die Galgo-Community ist vermutlich so, wie jede andere Rassencommunity auch: Eigenwillig. Eine

Zeitlang waren wir auf einer Hundewiese, auf der die Verhaltensregeln von einigen Galgohalterinnen vorgegeben und die Einhaltung derselben kontrolliert wurden. Herr Hund hält glücklicherweise Abstand. Er lässt sich ohnehin nicht anfassen. Kann ich gut verstehen. Wer lässt sich schon gerne betatschen?

Es ist interessant, wie unterschiedlich die Atmosphäre auf den Wiesen ist. Auf der anderen sind die Leute sehr gelassen, die Besucher kunterbunt zusammengewürfelt.

Gestern erzählte mir auf einer solchen ein Mann, dass er mit seiner jungen spanischen Schäfer-Podenco-Wasauchimmer-Mischlingshündin auf dem Wochenmarkt an einem Metzgerstand gewartet habe, als er neben sich ein Geräusch wahrnahm.
Als er danach sah, guckte ihn ein Kind mit großen Augen an, den Tränen nahe, weil es seiner Saitenwurst verlustig gegangen war. Diese nämlich hatte gerade der Hund gefressen, Kindeshand und Hundeschnauze auf derselben Höhe, was soll ich sagen? Ich schüttete mich aus vor Lachen, als ich das hörte. Der Mann illustrierte die großen Kinderaugen plakativ und lachte mit.

Diese Hundewiese ist die in dem Vorort, von dem ich bereits erzählte. Die andere liegt auf dem Land. Womöglich hängen Diversität und Toleranz doch zusammen?

P.S. Selbstredend hat der Mann dem Kind sofort eine neue Saitenwurst bestellt und ordnungsgemäß ausgehändigt.

Pollen

Vor einigen Tagen gingen wir in einem kleinen Wäldchen spazieren. Es liegt in der Nähe einer der größeren Hundewiesen und passt ganz gut zum Warmmachen. Als wir das Wäldchen betraten, lag der Frühling in der Luft und die ersten Pollen waren wohl unterwegs.
Denn Herr Hund nieste. Etwa so: „Bchuchtsch!"
Und dann noch einmal, etwas tiefer, mehr aus dem Hals. Sein Kopf wackelte bei dem „Bchuch", und dann, mit dem „Tsch", zuckte die Nase nach unten. Einen kurzen Moment stand der Hund ganz still, hielt inne, um sich zu sortieren. Schließlich ging er weiter.

Und dann wurde ich Zeugin eines Vorgangs, den ich noch nie zu Gesicht bekommen hatte: Ich sah, dass auch ein Hund eine Grimasse macht, bevor er niest.

Erst zog Herr Hund die Nase kraus, dann die Lefze hoch, die Nüster (ich weiß, so heißt es nicht, aber es passt so gut…) zuckte, also wolle er zum „hhhh – hhhhh" ausholen. Der Nieser kam aber nicht. Dann grimmte er sein Gesicht, die Nüster zuckte immer noch, und dann, nach Sekunden, schoss das „Tscho" aus ihm heraus, während sein Kopf die Niesgewalt mit einem heftigen Nicken abfing und die Ohren schlackerten. Sein Maul machte so etwas wie „Bfrrrr".

Also, ich habe ja Menschen schon so niesen hören. Aber dass ein Hund sich genau so anhört, war mir neu. Erst dachte ich, Herr Hund hätte womöglich Heuschnupfen, die Pollen, der Nießanfall. Aber nach diesem dritten Nieser war es vorbei und kam seither nicht wieder.

Zum Glück. Denn ich stand neben meinem Hund und lachte mich kaputt, weil ich den Anblick der zur Grimasse verzogenen Nüster nicht vergessen konnte, die zuckte und zuckte, weil der Nieser sich einfach nicht entladen wollte. Wenn mich jemand gesehen hätte, der hätte sich gewundert. Und Herr Hund? Wie nimmt ein Hund das Lachen eines Menschen wahr?

Ich amüsiere mich noch heute, wenn ich daran denke. Überhaupt ist Herr Hund der lustigste Hund, der je bei mir gelebt hat.

Esel

Wenn Herr Hund nicht weitergehen will, bleibt er stehen. Wenn er gar nicht weitergehen will, stemmt er die Pfoten in den Boden und widersetzt sich mit aller Kraft der Vorwärtsbewegung, so dass ich ziehen könnte, so viel ich wollte – er würde sich kein Schrittchen bewegen.

Vielleicht sieht er dann etwas, das ihn ängstigt. Oder er hört etwas, das ihm fremd ist. Manchmal, denke ich, führt er uns einfach um unangenehme Begegnungen herum, wer weiß das schon? Zur Not, jedenfalls, gehen wir eben einen anderen Weg. Aber erst einmal bleibe ich stehen und warte.

So auch kürzlich. Da hat sich Herr Hund gegen die Marschrichtung gestemmt, als ich eine volle Hundetüte auf einem Feldweg-Hundeeimer entsorgen wollte. Ein älteres Pärchen kam des Wegs und kicherte. Dann lockte ich Herr Hund mit einem Stückchen getrockneten Schweinedarms, woraufhin er sich wenigstens zu zwei Schritten bewegen ließ, damit ich die Hundetüte in den Eimer befördern konnte, ohne ihn loszulassen.

„Ach", hörte ich die Dame sagen, „er braucht etwas Süßes." Oh je. „Ich habe mich gerade gefragt, ob das ein Hund ist oder ein Esel", fuhr sie fort. „Das war von hinten ein Bild für Götter."
Ich musste mitlachen. Herr Hund sieht in dieser Haltung auch wirklich zum Schießen aus.
„Galgos sind dem Menschen sehr ähnlich", antwortete ich, „ich hab schon viel von ihm gelernt."
Die Dame gab mir höflich recht.

Damit wäre nach Pferd, Hase et cetera nun auch noch der Esel abgehandelt. Ich bin gespannt, was noch so kommt…

An diesem Tag übrigens waren wir an einer Ecke unterwegs, wo lauter Hundekackverbot-Sticker an den Hauswänden und Fenstern angebracht sind – an der hiesigen Grund- und Werkrealschule zum Beispiel. Sie liegt am Stadtrand nahe den Feldern. Schon länger störte mich etwas an den Stickern, ich wusste aber nicht, was es war.

Aber an diesem Tag fiel es mir auf: Die Schilder waren in einem falschen Neigungswinkel angebracht. Wenn der Kacker eines Hundes in der

Realität so aufkommen würde, müsste er voll Karacho aus dem Hund herausploppen, um tatsächlich zwanzig Zentimeter hinter ihm zu landen, so, wie auf dem Sticker. Das soll mir mal jemand vormachen. Und der Hund selbst müsste beinahe kopfüber auf den Zehenspitzen tänzeln. Kein Hund kackt so.

Seither sehe ich mir die Sticker auch andernorts genauer an. Es ist immer derselbe runde Sticker mit roter Umrandung und einem schwarzen Hund auf Weiß, unter einem diagonalen dicken roten Balken – ein Gefahrenzeichen. Und dann falsch angebracht!
Kein Wunder, dass Physik nicht das Lieblingsfach unserer Schüler ist. Wenn nicht einmal der Hausmeister weiß, wo oben und unten ist, echt jetzt!

Schwarz auf Weiß

1. März
Seit Kurzem habe ich es Schwarz auf Weiß: Herr Hund hat eine krumme Hüfte. Eine Seite ist etwas verkippt, sagte die Ärztin, die Herr Hund erst in Narkose versetzt und dann geröntgt hat. In jungen Jahren muss „da mal was gewesen sein". Jetzt sind wir so schlau wie zuvor.

Gestern habe ich Herr Hunds Hüfte mit russischem Fichtennadelöl eingerieben – ein Hundewiesentipp – weil er gerannt ist und anschließend wieder Schmerzen hatte. Er hat den ganzen Nachmittag nach Weihnachten geduftet, während draußen die Schneeglöckchen blühten und ein Strauß Narzissen auf meinem Esstisch seine Köpfchen entfaltete.

Natürlich kamen sofort diese Bilder von einem alternden Hund, der nicht mehr gehen kann, und den man einschläfern muss, weil man sein Leiden nicht mehr ertragen kann und so weiter und so weiter. Dabei muss ich dankbar sein: Ohne diese Disposition wäre Herr Hund niemals bei mir angekommen. Und er humpelt so gut wie nie, seitdem ich mich gezielt darum kümmere.
„Ihr Hund kann alt werden damit", sagte die Tierärztin. Kann? Er wird.

Mehr will ich doch gar nicht wissen.

Schöpfung

„Warum heißt der Herr Hund?", wurde ich einmal gefragt.
„Weil er mir keinen anderen Namen genannt hat", antwortete ich wahrheitsgemäß.

Vor vielen Jahren war ich mit der Galga meiner Eltern bei meiner Lektorin zu Besuch. Sie hatte die Hündin mit „Na, Frau Hund?" begrüßt und ihr sanft den Rücken gestreichelt.

Ich fand das so rührend und so voller Würde, dass ich die Hündin immer wieder so genannt habe und mehr und mehr Achtung vor ihr bekam. Und so war es nur natürlich, den Hund, der zu mir kam, auch so zu nennen – bis mir ein besserer Name einfallen würde. Aber welcher? Friedrich? Tarzan? Hektor? Oder gar Bonito?

Es müsste ein Name sein, der seiner Wildheit Rechnung trägt, aber auch seiner Noblesse – immerhin entstammt er dem spanischen Adel. Er müsste seine Größe, Stärke und Schnelligkeit ausdrücken, aber auch seine Eleganz. Er müsste ihm seine Individualität lassen, aber dennoch symbolisieren, dass er jetzt in der mitteleuropäischen Gesellschaft angekommen ist. Er müsste seine Unabhängigkeit ausdrücken, seine Würde und Unantastbarkeit, aber auch seine Treue und Anhänglichkeit.

Wie ich es drehe und wende: Ein Vorname kann das nicht. Wenn ich ihn dagegen „Herr Hund" nenne, schwingt all dies mit, und mein Respekt vor ihm. Außerdem gehört er zuallererst sich, sich ganz allein. Er ist ja kein Gegenstand. Wer bin ich, ihm einen Namen aufzudrücken?

Und so rufe ich ihn bis zum heutigen Tag „Herr Hund". Nicht selten höre ich Lachen, wenn wir unterwegs sind. Da weiß ich genau, dass es sich um jemanden handelt, der glaubt, der Mensch sei die Krone der Schöpfung. Dabei ist er doch auch nur ein Stück davon. Und – ich wage die These – nicht einmal das gelungenste.

Wirsing

Einmal hat Herr Hund einen frischen Wirsingkopf vom Tisch geholt. In meiner Abwesenheit vergisst er gelegentlich das Eintrittsverbot in die Küche. Als ich ihn entdeckte, knabberte er gerade an der übrig gebliebenen Hälfte, die er schließlich im Wohnzimmer liegen ließ, wegen Sättigung.
Nachdem ich die verstreuten Blätter eingesammelt, den Kopf mitsamt seinem hellen knackigen Herzen in den Garten geworfen und den Teppich gesaugt hatte, ging Herr Hund ins Bett, und ich vergaß den Wirsing.

Nachts kam Herr Hund wieder einmal vom Pinkeln nicht zurück. Ich stand an der Terrassentür und wartete und wartete bis ich schließlich in die mondhelle Immer-noch-Winter-Nacht in den Garten hinaustrat, wo Herr Hund lag, direkt neben einem jungen Apfelbäumchen, und sich an der anderen Hälfte des Wirsings schadlos hielt, das Hähnchen (siehe Kapitel „Giftköder") direkt auf dem kalten Boden.

Ich rief und pfiff. Keine Reaktion. Erst als ich auf ihn zuging, sprang er auf, machte einen Bogen und verschwand in der Wohnung, um es sich mit seinem eiskalten Hähnchen wieder im Nest bequem zu machen. Ich fror bei dem Gedanken an den kalten Bauch und deckte ihn zu.

Zwei Tage später hustete er verdächtig, sonntagmorgens hatte er Atemnot, und eine halbe Stunde später diagnostizierte der Tierarzt (wir haben inzwischen einen Galgospezialisten gefunden) für 160 Euro inclusive Wochenendzuschlag und Antibiotikum eine Kehlkopfentzündung. Da soll mal einer sagen, Gemüse sei gesund.

Ich übrigens nutzte diese Gelegenheit, um ihm einen Schal zu nähen. Seither setzt Herr Hund in Sachen Dresscode Maßstäbe.

Wohlstand

24. April

Die Nichte meiner Lektorin ist Zirkusartistin, hatte lange Jahre eine Elefantennummer, davor eine Nummer mit Hunden. Mittlerweile ist sie in Rente. Ich kann sie über die Tiere und auch sonst wirklich alles fragen.

Sie hat mir geraten, ein Stück gutes Fleisch – ich nehme mittlerweile Lamm – in die Wärme zu legen und zwei, drei Tage gammeln zu lassen. Ich habe das gemacht. Herr Hund ist darüber hergefallen.

Seither gibt es bei uns die luxuriösesten Luxusleckerli, die sich ein Hund nur wünschen kann. Das Lammfleisch trocknet nämlich klein geschnitten in der Wärme im Heizraum und ist dann wochenlang haltbar, als Trainingsleckerli oder beim Spazierengehen, wenn ich mich in Sachen Richtungsänderung durchsetzen möchte.

Joghurt lasse ich auch ein, zwei Tage in der Wärme stehen, Quark oder Frischkäse, Hartkäse oder Emmentaler – die trocknen und halten tagelang. Seine Knochen vergräbt er im Garten und holt sie irgendwann wieder heraus. All das liebt er, und ich hoffe, dass ich damit auch sein Aasbedürfnis stillen kann. Proteine, die sich zersetzen. Kann ich mir schon vorstellen, dass das funktioniert. Dann muss er auch nicht immer Kacke fressen, brrrrh.

Irgendwo habe ich gelesen, dass Hunde Probleme mit der Schilddrüse haben können. Herr Hund jedenfalls liebt Fisch. Wenn ich ihm eine Dose Dorschleber in seine Schüssel leere, ist diese in zehn Sekunden blank geschleckt. Und einmal hätte er mir beinahe meinen Dosenhering in Tomate vom Teller gezogen, so erpicht war er auf ihn. Seither bekommt er regelmäßig einmal pro Woche Fisch. Ach ja…

Manchmal habe ich ein schlechtes Gewissen über unseren Wohlstand hier, während zwei Milliarden Menschen auf dieser Welt nicht einmal Zugang zu sauberem Wasser haben.

Vor zwei Tagen war Earth Day. 20:30 Uhr. Eine Stunde lang Licht aus. Ich hatte drei Kerzen angezündet und las Ilse Aichinger, während Herr Hund gemütlich in seinem Nest schlummerte. Seit er bei mir ist, ist mir klarer denn je, dass die Natur für alles eine Lösung hat.

Wir, zum Beispiel, wachsen unaufhaltsam, fressen unseren Planeten kahl und verseuchen ihn mit dem dabei entstehenden Abfall, ohne uns über die Folgen wirklich Gedanken zu machen. Ich denke, die Natur wird uns aussortieren, weil wir uns nicht einfügen. Es ist eine mathematische Gewissheit, dass wir auf diese Weise nicht überleben werden. Und so ist es auch nur eine Frage der Zeit, wann wir dezimiert werden. Es hat ja bereits begonnen, nicht wahr?

Für mich ist die Natur eine untrügliche Ratgeberin für das Leben. Und eine unbarmherzige. Ein Tier fügt sich in sie hinein. Tiere sind uns Menschen weit voraus. Solche Gedanken sind unbequem. Aber ich finde, ich sollte sie denken, weil es auf dieser Welt Tiere, die in der Wildnis alleine überleben könnten, manchmal besser haben als Kinder, die dasselbe nicht können.

Hundewiese III

Heute hat mir eine junge Frau erzählt, wie sie ihre anfangs vollkommen verängstigte und kränkelnde Hündin mithilfe eines Trainers und ziemlich viel Geld („Aber ich bereue keinen Cent, das hat sich alles gelohnt!") zum Star der Hundewiese gecoacht hat („Die sind alle froh, wenn die Cyntia da ist, weil da alle am Abend gut schlafen!").
Ich wurde immer kleiner und zweifelte bald an mir selbst. Fragen tauchten auf.

Braucht Herr Hund doch noch eine tierische Ge-
fährtin, weil er sonst zu einsam ist? („Was ihr unser Husky-Mix, der Aki, geben kann, das kann ich
ihr als Mensch nicht geben!")

Sollte ich ihm lieber Pferdefleisch füttern (zuerst
trocken, später nass), oder doch Strauß? („Wir
haben das acht Monate lang total vorsichtig alles
Schritt für Schritt gemacht – und heute verträgt
sie alles!")

Ist es gefährlich, wenn sein Kotabsatz ab und zu
schleimig ist („Als ich das bei ihr gesehen habe,
da wusste ich, so geht es nicht weiter!").

Sollte er die Grundkommandos nicht doch endlich mal beherrschen („Als wir dem Aki ‚Platz'
beigebracht haben, da legte die Cyntia ihre Pfote
sogar auf seinen Rücken, damit er unten bleibt.
Weil sie beherrscht das jetzt alles super! Alles!")

Braucht Herr Hund einen Kumpel zum Spielen
für eine artgerechte Haltung oder reicht ihm die
Hundewiese, auf der er ohnehin nicht spielt, wie
andere Hunde – sondern eben wie ein Galgo
(„Wieso, er rennt doch jetzt der Cyntia nach, sie
ist der einzige Hund, der nicht verfolgen, sondern
selbst verfolgt werden will. Die spielen doch jetzt
super!").

Er will aber lieber mit seinesgleichen jagen, dachte
ich, sagte natürlich nichts.

Stimmt mit meinem etwas nicht, weil er abmahnt, wen er nicht leiden kann („Also der Aki, der wurde mal von so einem gebissen, obwohl er gar nichts gemacht hat.")

Deshalb bellte Aki meinen Hund auch an, seitdem wir hier ins Gatter traten. Immer, wenn wir an ihm vorbeikamen, also etwa alle zwei Minuten. Minutenlang. Das überschnitt sich. Und es nervte. Echt.

„Das macht er nur bei dem!", sagte die Frau und deutete mit ihrem Finger auf meinen Hund. „Das dauert jetzt eine Weile, bis er das überwunden hat, dass er da gebissen wurde von so einem, obwohl er gar nichts gemacht hat, gell, Aki, der hier macht aber gaaar nichts, der ist gaaaanz liiiiiieb!" Und zu mir: „Das ist jetzt halt so, damit müssen wir leben."

Weil Herr Hund zurzeit Entzündungshemmer gegen seine Hüftschmerzen bekommt, war er nicht so ganz auf dem Damm. Er ließ den anderen kläffen und trottete hinter mir her, immer am Zaun entlang, während ich die vergessenen Fremdkacker in meine übrig gebliebenen Hundetüten packte, damit ich nicht darauf ausrutschte

oder die Juwelen auch noch in mein Auto hinein-
trug.

Schließlich waren wir wieder bei Aki und Cyntia
angekommen.
„Gell, Aki, der Große macht gaaar nix, der ist
gaaaanz liiieb."
Ich glaube, Herr Hunds Nerven waren jetzt genau
so mürbe wie meine. Er ließ sich den Kleinen gefallen. Und siehe da: Der hörte endlich auf zu
kläffen, die beiden beschnupperten sich
(„Siehstuaki, deristgaaaaanzliiiieb, da passiert-
gaaaarnix.") und irgendwann hatte der Hund, der
bei mir wohnt, keine Lust mehr. Und ich auch
nicht.
Ein junger Mann kam mit seinem Hund in die
Anlage herein.
„Aaaach, da kommt ja die Martia – und zu dem
Mann: „Na, hast du sie jetzt kastrieren lassen oder
noch nicht? Nein? Achwas, offene Pfoten, auch
noch, alsodaistja auchimmereineBaustelleimmer-
wasmitderalsdudasletztemalerzählthast…!"

Herr Hund sah mich an mit seinen bernstein-
benen Augen und wir räumten das Feld. Gaaaanz
lieb.

Hundewiese IV und Physiotherapie II

30. April

Nachdem ich immer noch nicht wusste, wie ich Herr Hunds Hüftproblem behandeln konnte und eines Tages neben meinem vor Schmerzen schreienden Hund heulend auf der Hundewiese stand, da kam die Halterin von Aki und Cyntia auf mich zu, beruhigte mich und gab mir die Adresse einer Tierärztin auf der Alb.

Und als ich so dastand wie ein Häuflein Elend, kamen auch Aki und Cyntia, begleitet von einer Dalmatinerhündin, die sonst zu niemandem hingeht. Die drei haben mich getröstet, was mich so berührt hat, dass mir noch immer die Tränen kommen, wenn ich daran denke. Ich habe lange überlegt, was in diesem Moment passiert ist. Zuerst dachte ich, es wäre irgendwie magisch. Aber das war es nicht. Es war Mitgefühl.

Die Tierärztin jedenfalls war ziemlich cool, eine Hundeflüsterin, sehr besonders. Sie gab mir die Adresse eines Hundephysios, der selbst zwei Galgos hat. Und das war die Lösung.

Seither weiß ich, dass Herr Hund am Iliosakralgelenk ein muskuläres Problem hat, das sich für ihn selbst wohl wie ein Hexenschuss anfühlt. Es kommt von einem der Hüftknochen, der etwas abgeflacht ist. Rein medizinisch gesehen vollkommen unproblematisch, für Herr Hund freilich übel, aber nicht lebensgefährlich, nicht OP-verdächtig, in keiner Weise Leben und Freude einschränkend.

Er bekommt jetzt Massagen und von mir jeden Abend eine Wärmflasche, wahlweise das Kirschkernkissen, das mir der Physio bei dieser Gelegenheit gleich geschenkt hat und zwei Windhundjacken noch dazu. So was gibt es.

Wie die Dinge sich ändern, wenn man eine Lösung gefunden hat. Oder anders gesagt: Es gibt für alles einen Weg. Man muss ihn nur finden.

Treue Seele

2. Mai

Herr Hund kann Regen nicht leiden. Ich glaube, das geht vielen Galgos so, vielleicht sogar allen. Es liegt mutmaßlich am fehlenden Unterfell. Jeder Regentropfen platscht direkt auf die Haut und breitet sich von dort so unangenehm unkontrollierbar in alle Richtungen aus.

Vor einiger Zeit jedenfalls gerieten wir in einen heftigen Regenguss. Als wir etwa hundert Meter vor der Haustür waren und Herr Hund sich eins ums andere Mal schüttelte, so dass die Pfoten flogen und die Ohren und überhaupt der ganze Hund, da ließ ich ihn einfach los, sodass er ohne mich nach Hause rennen konnte. Ich fand es ungerecht, dass er unter meiner Langsamkeit leiden sollte.

Herr Hund rannte, bog um die Ecke und war verschwunden. Ich rannte hinterher, während mir die Regentropfen ins Gesicht klatschten und meine Brille in eine wabernde Oberfläche verwandelten, und stellte mir einmal mehr vor, wie es wäre, so schnell rennen zu können wie er.

Und plötzlich stand er da. Auf dem Gehweg, mitten im Regen. Mit triefnasser Schnauze hielt dieser Hund nach mir Ausschau. Erst, als er sicher war, dass ich aufholte, rannte er die letzten zehn Meter nach Hause, um unter dem Vordach auf mich zu warten.

Ich bin ganz sicher: Wenn ich nicht hinterher gekommen wäre, hätte er kehrt gemacht, um mich zu suchen. Er wäre klatschnass geworden, nur um mich zu finden. Ist er nicht eine treue Seele?

Ist es das, was den Hund vom Menschen unterscheidet: Seine Treue und seine Opferbereitschaft?

Endlich

5. Mai

Er stand im Wohnzimmer und sah sich nach etwas Essbarem um. Sein rechtes Ohr wippte über seinem Kopf und sah aus wie eine Schmalztolle. Er hat eine Locke, dachte ich, wie, ja wie…

Da hätte ich jetzt endlich einen Vornamen für ihn, könnte mir aus all den Stars mit Damenwinker einen aussuchen.

Trotzdem habe ich entschieden, ihn nicht umzutaufen. Seit einem Dreivierteljahr hört er auf „Herr Hund". Als er zu mir kam, hatte er noch einen ganz anderen Namen, den ich vergessen habe, auf den er ganz sicher nie gehört hat.

Ein neuer Name würde ihn wohl kaum beeindrucken. Zweitausend Hits, bis der Hund diese Verknüpfung für immer kennt. Nein. Umgekehrt ist es doch genauso: Wie lange habe ich gebraucht, bis ich verstanden habe, was er mir sagen will? Und würde es ihn interessieren, ob ich nun Helena, Hilde oder Hulda heiße?

Dennoch ist es gut zu wissen, dass er einen Vor-namen haben könnte. Jemand hat zu mir gesagt, wenn sich ein Mensch so auf seinen Hund einstelle wie ich und ein Hund so auf seinen Menschen wie er, dann sei das eine feste Bindung. Ähnlich wie zwischen Menschen. Mit mehr Treue eben.

Das kommt bestimmt selbstbeweihräuchernd rüber – soll es aber gar nicht. Es gibt bestimmt ganz viele solcher Verbindungen auf Augenhöhe. Aber Hund und Mensch tragen die ja nicht auf ihrer Stirn.

Ich glaube, dass viele Menschen beim Tod ihres Tieres einen größeren Verlust erleben als beim Tod eines nahe stehenden Menschen, von dem sie womöglich ein ganzes Leben lang gegängelt, runtergedrückt oder beschränkt wurden.

Wenn du gut bist zu einem Tier, dann wird es für dich alles tun. Und umgekehrt hoffentlich auch. Außenstehende mögen denken, was für einen Vogel die Hundehalter*innen hätten. Nun. Die Gedanken sind frei.

Herr Hund, ich bin froh, dass es dich gibt.

Sommer

15. Juni

Mittlerweile ist es wieder Sommer geworden. Herr Hund kam zu mir im August vor einem Jahr. Wie er sich entwickelt hat, wie frei er geworden ist, wie mutig und wie draufgängerisch. Wenn das Korn so hoch steht, kann er nicht auf Sicht jagen. Will heißen: Ich kann ihn wieder frei laufen lassen, ohne dass er am Horizont verschwindet und nach zehn Minuten in meinem Rücken auftaucht.

Es ist so toll, wenn er rennt und die schwere Sommerluft durch seine Nase zieht, wenn seine Lefzen zittern und er den Kopf hochwirft, mit aufgestellter Rute, und wenn er auf mich zustürmt, in vollem Tempo an mir vorbei, um dann in einem großen Bogen zu mir zurückzukommen und eine Ecke Gouda oder ein Stückchen Schweinedarm oder Kohlrabi in Empfang zu nehmen, prustend, schnaubend, zufrieden. Er ist glücklich. Ich bin glücklich. Sommerglücksmomente.

Eine Hundeschule haben wir immer noch nicht besucht. Herr Hund kennt eine einzige Anweisung, und die befolgt er relativ zuverlässig: Er kommt her, wenn ich pfeife. Er kam frei, und ich möchte, dass das so bleibt. Ein Galgo trifft seine eigenen Entscheidungen, und er ist hier bei mir, damit ich ihn in der sogenannten Zivilisation begleite und nicht, um von mir verformt zu werden.

Manchmal spazieren wir an einer Hundeschule vorbei, in der Herr Hunds Artgenossen von ihren Haltern erzogen werden. Ein Mann mit einer französischen Bulldoggendame hat mir erzählt, seine frei laufende Hündin habe die dortige Hundegruppe begrüßt.

Da habe der Trainer mit lauter Stimme doziert: „Und hier sehen wir ein Beispiel dafür, wie man es NICHT machen sollte. Der Hund sollte neben seinem Halter gehen und nicht einfach zu den anderen Hunden laufen."

Ich wünschte, der Bulldoggenhalter hätte zu seinem Hund gesagt: „Siehst du, meine Liebe, da sehen wir ein Beispiel für diese bedauernswerten Kreaturen, die ihr ganzes Leben lang das machen müssen, was man von ihnen erwartet und es kaum wagen dürfen, eine selbstständige Entscheidung zu treffen. Und die armen Hunde erst!"

24 Grad Celsius, Tendenz steigend

26. Juni

Heute badeten wir im Neckar. Um Herr Hund zu animieren, ging ich mit gutem Beispiel voran und stürzte mich im Badeanzug in die bereits von zwei anderen Hunden aufgerudelten Fluten.

Herr Hund kam hinterher und stand wie ein Seepferdchen beinahe senkrecht im Wasser, rudelte mit den Vorderbeinen und strampelte sich mit den Hinterbeinen am Boden ab. Die zwei anderen Hunde – ein American Staffordshire Terrier Welpe und ein großer schwarzer, vielleicht ein Hütehund, der gemächlich im Wasser seine Bahnen zog – wurden von zwei jungen Frauen begleitet, die mit ihrer Cola am Neckarstrand saßen und Zufriedenheit ausstrahlten.

Wir genossen diese Begegnung, Herr Hund und ich. Herr Hund rannte ins Wasser und beobachtete den anderen dabei, wie er seine Bahnen zog. Der Welpe hatte ein sehr schönes, ausdrucksstarkes Gesicht mit hellen blauen Augen. Er schnupperte schüchtern an meinem Leckerlibeutel, nachdem ich ihm ein Stückchen Gouda gegeben hatte. Wenn Herr Hund auf ihn zukam, legte er sich hin oder setzte sich und bot seine Unterseite an. Es sah so witzig aus, wie er im Sitzen sein Beinchen wegstreckte.

Herr Hund konnte sich austoben, im Wasser und außerhalb. Es war sehr schön, heute Morgen, kein Fußgänger oder Radfahrer beschwerte sich über die Hunde, weiter vorne waren Kinder am Wasser, eine schöne Sommeratmosphäre.

Da fällt mir ein Ausflug ein, bei dem wir andere badende Hunde getroffen hatten. Wir Leute standen im Schatten und unterhielten uns, während die Hunde rannten und in dem kleinen Bach badeten.

„Ja, unser Hund ist sehr dominant, und als er in die Pubertät gekommen ist, hat er gemeint, er müsste uns anführen", erzählte da ein Herr.

„Ach."

„Ja, Studien haben ja gezeigt, dass der Mensch in der Pubertät 15 Prozent seines Gehirnvolumens verliert."

„?????! Ach."

„Ja, und dann wird das ersetzt durch neue andere Nervenbahnen, die sich bilden, und dann werden die vernünftiger."

„Ach."

„Und so ist das mit den Hunden auch."

Da kackte Herr Hund, und ich musste mich von den neurosoziologischen Ausführungen abwenden. Schade. Das mit der Gehirnschrumpfung hätte mich doch noch interessiert.

Muschel

Ich habe gelesen, dass Hunde empfindliche Bindehaut haben. Herr Hunds Nest steht an einer Stelle, wo es mächtig zieht. Und ich will nicht, dass er im Winter wieder krank wird.

Also habe ich ihm aus einer alten Strandmuschel eine Höhle gebaut. Sie ist mehr als zwei Meter breit und füllt jetzt den einzigen Raum aus, in den sie überhaupt hineinpasst ohne tagsüber zu stören: Mein Schlafzimmer.

Ich habe dünne Decken über die Höhle gehängt, damit sie auch von vorne einigermaßen dicht ist. Herr Hund betrachtete sie misstrauisch. Als sie noch vor mir am Boden lag und ich über ihren Aufbau grübelte, legte er sich darauf, streckte alle Viere lang und wollte nicht mehr aufstehen.

Ich bin gespannt, ob er sich im Winter auch hineinlegen wird.

Gorilla

Herr Hund borgt sich immer meinen Hasen-Dummy. Es ist eigentlich kein Hasen-Dummy, sondern ein Stofftier mit zottigem Fell und einem langen Schwanz. Ich habe ihn vor vielen Jahren mal nach einer Anleitung selbst genäht und ausgestopft. Es sollte wohl ein Schwanzaffe [☺] sein, sieht aber auch wie ein Gorilla.

Herr Hund jedenfalls schüttelt ihn, als wäre er ein Hase, wirft ihn herum, so dass das Tier voll Karacho in die Ecken kracht.

Und heute – ich habe mich ausgeschüttet vor Lachen – flog der Gorilla in einem Bogen über meine Terrasse und landete kopfüber im Grünschnitteimer. Das eine Beinchen zappelte noch, als der Affe vollends hineinrutschte.

Rosenbrand

28. Juni

Gestern Morgen ist Herr Hund in die Garage unserer Nachbarin gelaufen, die gerade mit ihrem Vorgärtchen beschäftigt war. Herr Hund hat in der hinteren Ecke aufgeregt geschnuppert.

Ratten habe sie gehabt, erzählte die Nachbarin, im Hohlraum unter der Garage. Hoffentlich seien die jetzt weg, ein professionelles Unternehmen gegen die Plage habe sie beauftragen müssen.

Da kam Herr Hund aus der Garage heraus, schnupperte auch in der Auffahrt ausgiebig und pieselte dann an die nachbarlichen Rosen.

„Oooooh!", rief die Nachbarin, „das macht man aber nicht! Da muss ich gleich Wasser holen, sonst verbrennen die!"

„Das wäscht der Regen wieder ab", versuchte ich, sie zu beruhigen.

„Aber es regnet doch nicht!"

In der Tat ist zurzeit kein Regen vorhergesagt – eine Ausnahme in diesem stürmischen Hochwassersommer.

„Auf jeden Fall wird sich kein Einbrecher mehr in dieses Viertel trauen, seitdem dieser Hund in meiner Wohnung lebt", erklärte ich, „ich lasse auch nachts die Terrassentüre offen. Er beschützt mich. Dafür habe ich ihn."

Da war sie wieder einigermaßen versöhnt.

Respekt

Heute begegnete uns ein älteres Pärchen. Der Mann war groß und hatte weißes Haar – eine Kombination, vor der Herr Hund anfangs Angst hatte. Als wir uns unterhielten, ging Herr Hund zu dem Herrn hin und ließ sich am Hals kraulen. Premiere!!! Das hat er noch nie zugelassen! Manchmal denke ich, er spürt das Wohlwollen der Menschen oder ihre Ignoranz, je nachdem. Und entsprechend verhält er sich.

Ich rief ihn schließlich zum Weitergehen.
„Herr Huuuuuund!"
„Was für ein respektvoller Name", sagte die Frau.

Super Beutel

Ich hab's nun doch einmal gewagt: Kürzlich war ein Hundetrainer bei mir. Er ist anders als die anderen, zumindest habe ich ihn so wahrgenommen, nicht so von oben herab, und er hat meinen Hund ernst genommen.
Weil ich ihn mochte, mochte ihn auch Herr Hund und ließ sich – trotz lauter Stimme und groß und breit und so – von ihm am Hals kraulen. Der

Mann hatte eines sofort begriffen: Er darf Herr Hund nicht frontal ansehen.

„Wissen Sie", sagte er, „was ich mache, wenn jemand auf meinen Hund zugeht und ihm einfach über den Kopf streichelt? Ich mache so." Seine Hand tätschelte einen imaginären Menschenkopf. „Sehen Sie", fuhr er fort, „jetzt wissen Sie, wie mein Hund sich fühlt."
Ich musste lachen.

Der Trainer findet es nicht schlimm, dass Herr Hund jagt. Er sagt nur, dass ich es umleiten müsse: Futterbeutel und Schleuderball statt Hase.

Er zeigte mir die Prozedur: Beutel werfen und dem Hund abnehmen, wenn er an mir vorbeikommt, Beutel öffnen, Leckerli geben. Und dann das Ganze von vorne.

Was tat Herr Hund? Er schnappte den Beutel und trabte damit ins Wohnzimmer, wo er seine Beute beschnupperte. Ich, nicht faul, hinterher, den Beutel in eine andere Richtung werfen. Und weil Herr Hund jetzt an mir vorbei musste, konnte ich den Beutel schnappen, öffnen und ihn daraus füttern. Dazu musste ich „Super Beutel!" sagen, was mich amüsierte.

Es klappte ein paar Mal. Aber schließlich wurde es Herr Hund zu dumm und er verzichtete auf das Leckerli und auf den Beutel. Stattdessen legte er sich in sein Nest. Das war's.

Der Trainer guckte mich an.
„Ihm ist seine Einsicht wichtiger als das Leckerli", sagte er – oder so etwas Ähnliches.
„Ja", sagte ich, „er ist ein Galgo. Er denkt sich: Leute, was wollt Ihr von mir und wo ist der Hase?"

Hab ich schon erzählt, dass Galgos eine Kreuzung aus dem englischen Greyhound und den spanischen Rassen sind, die früher für die spanischen Königshäuser, für den Hochadel gezüchtet wurden? Kürzlich hat mir jemand erzählt, dass das gar nicht stimme, und dass Galgos bereits im Altertum bekannt gewesen wären. Nun ja. Wer will das prüfen?

Jedenfalls hat ein Galgo die Schnelligkeit vom Greyhound, yes, die Robustheit vom Spanier, keine Frage, olé. Ob Herr Hund je einen Hasen gefangen hat und weiß, wie Hasenohren schmecken?

Der Trainer verkauft nämlich Hundefutter in Lebensmittelqualität, darunter auch Kaninchenohren. Er gehört nicht zu der Zeigefingersorte und ich war kurz davor, seine Ohren auszuprobieren, als ich doch Bedenken bekam: Wenn Herr Hund erst mal auf den Geschmack gekommen ist, dann jagt er womöglich noch mehr. Und Schweineohren sind ja offensichtlich auch sehr lecker.

Plus

2. Juli

Morgens, wenn ich am Schreibtisch sitze, kommt Herr Hund, um nach mir zu sehen. Heute Morgen waren wir spät dran und er wartete aufs Gassigehen.

„Nur noch ein paar Minuten", sagte ich, „nur noch diesen einen Satz zu Ende tippen." Mir fiel partout nicht die richtige Satzstellung ein.

Er blickte mich an und drückte seinen Rücken an mein Bein.

„Wir gehen gleich", sagte ich.

Erst stöberte in meinem Papierkorb. Dann legte er seinen Kopf auf mein Handgelenk, während meine Hand auf der Maus lag. Ich wusste nicht, dass ein Hundekopf so schwer sein kann. Als er schluckte, spürte ich, wie sein Kehlkopf wanderte.

Der Kopf blieb reglos liegen, während er mich nicht aus den Augen ließ.

Mittlerweile hatten sich fünf Zeichenreihen auf meinem Monitor gebildet, weil Herr Hunds Nase auf der Plus-Taste zu liegen gekommen war.

„Wir gehen ja gleich", wiederholte ich, „aber wie soll ich diesen Satz zu Ende schreiben, wenn Du mein Handgelenk blockierst?"

Er nahm den Kopf weg.

Neben der Plus- und der Minus-Taste hatte sich auf der Tastatur eine kleine Pfütze gebildet, die ich mit einem Taschentuch wegwischte.

Plötzlich wusste ich, wie der Satz in meinem Dokument richtig lauten musste. Ich stellte ihn um, so dass er ganz einfach und verständlich wurde. Gerade heraus eben, genau wie der Hund.

Und so konnten wir endlich Gassi gehen.

Doch nicht Rosenbrand

3. Juli

Ich habe heute nachgesehen: Herr Hund hat keinen nachbarlichen Rosenbrand verursacht. Ich meine sogar, die Blüten wären üppiger geworden…

Bücher

20. Juli

Ich wusste es immer: Herr Hund ist ein echter Europäer. Heute hat er vom Handbuch der europäischen Verfassungsgeschichte nicht mehr abgelassen. Es lag geöffnet auf meinem Schreibtisch. Vor allem der Raum zwischen Buchrücken und – block interessierte ihn. Er drückte seine Nase darauf, sog den Duft ein und versuchte, mit seinen vorderen Zähnchen den Rand zu fassen, um den Fünfzehnhundert-Seiten-Wälzer herunterziehen, was ich zu verhindern wusste.

Danach beschnupperte Herr Hund den linken Rand des Leinendeckels ausführlich von oben bis unten.
Ich fragte mich, ob wohl eine tote Maus mit eingearbeitet wurde? Oder duftete der Staub der hundertjährigen Geschichte so köstlich? Bestand der Buchleim aus Schweinegelatine? Oder hatte eine andere Bibliothekskundin womöglich mit Wurstfingern darin geblättert?

Wir werden es nie erfahren.

Die Signatur des Buches lautete übrigens: „NT 3020“, das stimmt wirklich. Das konnte nur das Kürzel sein für: NICHT TÖTEN.

Ich wusste es immer: Bücher leben.

Raubgut: Brokkoliauflauf

Gestern habe ich den Rest meines Brokkoliauflaufs in der Küche stehen lassen, bevor ich das Haus verließ. Erst war er noch warm gewesen, und dann hatte ich ihn vergessen.
Unterwegs fiel mir das wieder ein. In Gedanken sah ich Herr Hund die Glasform vom Tisch ziehen, die krachend am Boden zerschellt, womöglich seine Pfoten verletzend.

Als ich abends nach Hause kam, lag die leere Schüssel unversehrt kopfüber auf dem Küchentisch. Zwei Kartoffelscheibchen klebten noch am Rand. Nur das Fliegennetz, das ich darüber gestülpt hatte, lag auf dem Boden. Da fiel mir die absolut reißerische Überschrift für dieses Kapitel ein:

Tatort: Küche. Raubgut: Brokkoliauflauf.

Camouflage

Ich dachte die ganze Zeit, Herr Hund ginge gerne ins Wasser. Stimmt aber gar nicht. Er verträgt es wohl doch nicht so gut. Jetzt hat er eine Bronchitis, weil er kürzlich im Bach so nass geworden ist, dass sogar der Rücken nass war. Und an diesem Tag ging ein warmer, aber ziemlich starker Wind. Schon wieder Antibiotika!
Er ist unglaublich empfindlich. Jetzt gehen wir mit Jacke Gassi, bei zwanzig Grad im Schatten. Eine der beiden Jacken hat uns der Physio geschenkt, der mit den beiden Galgos. Sie besteht aus dünnem, todschicken Camouflagestoff.

Ich hatte mir noch vorgenommen, an einen Hundebadesee mit ihm zu fahren – es war aber immer etwas dazwischen gekommen.

Rudi

3. August
Heute habe ich einen Beagle kennen gelernt. Er musste warten, weil sein Herrchen auf der Terrasse einer Konditorei frühstückte.
Er wackelte auf mich zu; ich bot ihm meinen Handrücken an, um daran zu schnuppern. Als ich

mich neben ihn auf eine Treppenstufe setzte, drückte er sich an mich und schnupperte an meinem Ohr, was ziemlich kitzelte. Schade, dass Herr Hund nicht dabei war, er hätte ihn bestimmt gemocht.

Der Herr verwickelte mich in ein Gespräch über Beagles, die so eine wunderbare Ruhe ausstrahlten. Nur werfen dürfe Herrchen nichts, sonst würde der Hund meterhoch hüpfen und jagen.

Wie er denn heiße, fragte ich.

„Rudi Schwanzwackler", sagte der Mann.

Ich lachte.

Wer weiß, was dieses Gespräch noch alles zutage gebracht hätte. Aber ich musste zu einem Termin, und so werde ich wohl nie erfahren, wie das Herrchen hieß. Schade!

Riese

18. August

Vorgestern bogen Herr Hund und ich um einen Bachlauf herum auf einen Feldweg ein, als ich einen Vogel rufen hörte. Es war eine Mischung aus Krächzen und Rufen, das ich nicht zuordnen konnte. Deshalb blickte ich hoch, direkt in die Krone eines riesigen Baumes. In seinem üppigen

Laub spielte der Wind, so dass es grün und silbern glitzerte. Es war sehr schön anzusehen.

Gestern gingen wir zufällig denselben Weg entlang. An exakt derselben Stelle rief erneut ein Vogel. Ich erinnerte mich sofort und hob den Kopf. Was ich nun sah, hatte ich noch nie gesehen:

Mitten durch das dichte, überdichte Blätterwerk ebenjenes Baumes fiel ein Sonnenstrahl direkt in mein Gesicht. Es war, als hätte der Baum eigens dafür an dieser Stelle eine Öffnung freigegeben. Wäre ich nur einen Schritt weitergegangen oder einen Moment früher stehen geblieben, hätte der Vogel nicht zum exakt richtigen Zeitpunkt gerufen, ich hätte dieses Naturschauspiel nicht erlebt.

Bewundernd betrachtete ich den Riesen und hatte plötzlich das Gefühl dazuzugehören, zur Schöpfung dazuzugehören, so wie der Hund an meiner Seite, so wie alle Pflanzen und Tiere, wie das Wasser und der Himmel, und doch nur ein Stäubchen im Universum zu sein. Es war ein sehr beruhigendes Gefühl; es hatte etwas von Geborgenheit.

„Guten Morgen", sagte ich. Was sonst hätte ich als Dank für dieses großartige Erlebnis geben können?

Geiß

Heute Morgen hatte ich keine Lust aufzustehen und lehnte mich noch eine Weile an die Wand, das Kopfkissen im Rücken, die Decke um mich gekuschelt und döste so im Sitzen.

Herr Hund stand vor meinem Bett und fiepte. Das macht er immer, wenn der Tag begonnen hat. In der Zeit, als ich die Rollläden noch nicht ganz zu gemacht hatte und die Sonne hereinblinzeln konnte, machte er das auch schon mal um sechs. Aber man lernt ja.

Herr Hund, jedenfalls, wollte nicht nur, dass ich aufstehe, sondern er wollte auch gestreichelt werden.

„Ich komm ja", stöhnte ich und streckte meine Hand nach ihm aus, als Vorankündigung sozusagen.

Da schnüffelte er nach ihr, setzte erst ein Bein auf die Matratze, dann das zweite und dann das rechte hintere, wobei er gefährlich wackelte, weil sein Popo und das vierte Bein noch über den Bettrand hinausragten. Die weiche Matratze tat ihr Übriges. Da setzte der Hund, der bei mir wohnt, auch noch das letzte Bein in mein Bett hinein, ohne die Vorderbeine auch nur einen Zentimeter weit zu bewegen. So stand er da und ließ sich den Kopf kraulen.

Er sah aus wie eine Geiß, die einen winzigen Felsvorsprung erklommen hatte und sich dort schwankend hielt, die Pfoten auf engstem Raum nebeneinander gesetzt, das Gewicht mit dem Kopf wohl austarierend, während sie sich die Belohnung für ihre Mühe abholt, vielleicht eine Salzkruste auf dem Stein oder ein besonders zartes Moosgewächs.

Als er genug hatte, sprang er mit einem eleganten Satz wieder auf den Boden, schnappte sich ein Stück Kohlrabi, das noch irgendwo herumlag – was wäre unser Leben ohne Kohlrabi? – und brachte es in den Garten. Das macht er immer, wenn er Lust zum Jagen hat. Er wirft es in die Luft, lässt es über den Boden rollen, beißt hinein und tippt es an, um sich schließlich eine Ecke zu suchen, wo er es fressen kann, dass die Brocken nur so rieseln. Wer würde von einem Hund auch erwarten, mit geschlossenen Lefzen zu kauen?

Wenn er dann hereinkommt, ganz außer Atem, frage ich ihn immer:
„Na? Hast du das Schaf erlegt?"

Frei

Manchmal frage ich mich, wie sich Herr Hund entwickelt hätte, wenn ich ihn nicht frei laufen lassen würde.

Würde er das Vorbeigehen jedes anderen Hundes mit Gekläff und Leinenzerren quittieren? Wäre er bei jedem Spaziergang nervös am Schnuppern, würde hin- und herspringen und nach einem Schlupfloch Ausschau halten, das ihm das Rennen doch noch ermöglichen könnte? Würde er bei jeder Spur, jeder Fährte einen so starken Zug auf die Leine geben, dass ich mit Kraft dagegen halten müsste?

Er ist ein loyaler Gefährte; loyaler als ein Mensch es je sein könnte. Ich wage die These, dass das auf jeden Hund zutrifft und ich frage mich, ob das auch so wäre, wenn ich ihn anschreien und rügen würde; es gibt ja so vieles, von dem der Mensch glaubt, dass der Hund es falsch mache. Aber kann er das überhaupt, etwas „falsch" machen?
Ich glaube, ich verstehe langsam, um was es überhaupt geht: Der Hund, der sich bei mir eingerichtet hat, ist nicht mein Knecht. Er muss mir nicht folgen, sondern es ist an mir, so mit ihm umzugehen, dass er es von selbst tut – und das

nicht, um meine Eitelkeit zu streicheln, sondern, damit ich ihn vor Schaden bewahren kann.

Dass er nicht immer gehorcht – was für ein gruseliges Wort – kommt mir als etwas ganz Selbstverständliches vor. Ich will doch auch keine Sklavin sein. Und trotzdem hat er sich kürzlich zum ersten Mal abrufen lassen, obwohl er eine Fährte hatte. Muss ich das bewerten? Oder nehme ich es einfach, wie es ist?

Ich denke, ich nehme es so, wie es ist. Das hat Herr Hund mir beigebracht: Im Moment zu leben, ohne ausgeklügelten Plan, ohne die vollkommene Kontrolle und mit einem bisschen mehr Vertrauen in das Leben.

ENDE

P.S. Ich weiß nicht, ob ich alles richtig mache mit Herr Hund. Ich handle nach Gefühl. Entsprechend ist dieses Buch geschrieben. Es hat selbstredend keinen Anspruch auf Wahrheit und weder das Ziel, jemanden zu beleidigen noch hochzuloben. Es ist weder ein Buch über Hundeerziehung noch ein Lehrbuch zum Umgang mit traumatisierten Galgos. Es erzählt mit einfachen Worten davon, was Herr Hund und mir so passiert ist im ersten Jahr. Mehr nicht. Wenn jemand beim Lesen schmunzeln kann oder eine Anregung für seine Überlegungen bekommt, einen Galgo zu sich zu holen – oder eben nicht – dann hat es seinen Zweck erfüllt.

Und: Bei allem Kritischen, was in diesem Buch über den Menschen geschrieben steht, sind die Lesenden – natürlich – ausgenommen…

P.P.S. In der Strandmuschel hat Herr Hund es sich gemütlich gemacht und sie total für sich eingenommen.

Inhalt

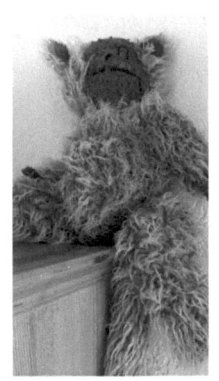